Raffaella Porrini

NON DIRE GATTO...

Raffaella Porrini
NON DIRE GATTO...
Intera opera ideazione e realizzazione

Prima edizione 2021

Copertina: ideazione e realizzazione grafica
By
Raffaella Porrini
#insta: RaffyPaintYourDreams

ISBN: 9798494350947

Al mio papà

Non potrete mai più guardare gli animali senza resistere alla tentazione di immedesimarvi in loro stessi ed immaginare cosa stiano pensando!

Dopo la lettura di questo esilarante libro osserverete inevitabilmente gli eventi anche dal loro punto di vista, con semplicità, dando così un senso anche ai loro comportamenti più "misteriosi".

Indice

L'incontro 11
L'incontro (Gatto) 17
La prima settimana 22
La prima settimana (Gatto) 25
Giochi 28
Giochi (Gatto) 32
Il tappeto volante 35
Il tappeto volante (Gatto) 40
Dal veterinario 42
Dal veterinario (Gatto) 47
La convivenza 51
La convivenza (Gatto) 56
Sveglia, Sveglia, Svegliaaaaaaa! 59
Sveglia, Sveglia, Svegliaaaaaaa! (Gatto) 63
La valigia 67
La valigia (Gatto) 71
Smart Working, con gatto 76
Smart Working, con gatto (Gatto) 80

L'incontro

Il sole illumina la mia camera, è giorno e io non ho chiuso le persiane prima di andare a letto, chissà come stavo quando sono rientrata stanotte.

Che ore sono?
Non importa, mi alzo dal letto e guardo fuori, cielo blu e sole a "catinelle"!

Sono super felice, è una bellissima giornata, ho dormito poco per la troppa adrenalina ancora in corpo.

La serata è stata un vero successo, evento top, uno dei miei più riusciti anzi di sicuro il migliore che abbia realizzato fino ad oggi!!

Dovrei essere stanca invece sono piena di energia e ho voglia di raccontare a tutti il successo della serata.

Accendo il telefono e arrivano subito una valangata di messaggi, mille complimenti, ringraziamenti, foto, articoli sui giornali, tutti entusiasti!

Ma che ore sono? Le 11 del mattino, ed è domenica, figo! Ho bisogno di caffè, tanto caffè ma mi sento al top, adoro!

Squilla il telefono:

"Ciao mamma si tutto wow, anche meglio del previsto! No, non vengo a pranzo magari passo per il caffè così ti faccio vedere le foto".

Altre telefonate, ripeto sempre le stesse cose ma con lo stesso entusiasmo e mentre ciondolo scalza modello zombie tra terrazzo e cucina con il cellulare in una mano e l'ennesima tazza di caffè nell'altra mi rendo conto di avere mazzi di fiori sparsi ovunque sul pavimento.

Bellissimi, ma ops, non ho così tanti vasi.

Ok inizio a sistemarli un po' qua e là e poi, con in mano il mazzo più bello, decido di portarlo al il mio papy, ma sì, così esco prendo un po' d'aria e gli racconto tutto di ieri sera.

Dopo una lunga doccia defaticante mi vesto e corro verso il cimitero sulla mia spider.

Bello quando fa caldo e puoi andare in giro scabriolata con i capelli al vento così in un attimo sono pure asciutti.

Sulla tomba di mio papà ci passo sempre un po' di tempo da sola così gli racconto cose, gli chiedo consigli, e guardando la sua foto, i suoi occhi scuri così espressivi, sento le sue risposte, i suoi suggerimenti e a volte, spesso, i suoi rimproveri!

Sistemo i fiori nella vaschetta e oh cazz...cosa mi passa tra le gambe??

Che spavento! Ma è solo un gatto...o meglio...un micro-gatto.

"Piccolo che ci fai qui?" Mi guarda languido e mentre si struscia sulle mie gambe è un tripudio di fusa.

Oh, mammamia che tenerezza, un batuffolo color tigre e gli occhi gialli come il sole.

Ok due carezze te le meriti, sei proprio carino. "Ciao papy ti lascio in buona compagnia oggi!" e mentre mi allontano verso l'uscita il peloso mi insegue al galoppo fino alla macchina.

È domenica ma a quest'ora sono tutti a pranzo e fa pure troppo caldo, quindi il cimitero è deserto, ci sono solo io.

"Mi fai ridere sei buffo" lo accarezzo e lui sempre tutto fusa e miao miao. "Hai fame piccolino? mi sembri un po' magrino".

Apro la macchina e in un secondo il piccoletto salta sui miei sedili in pelle e guardandomi continua a miagolare insistentemente.

Eh no caro mio! Hai capito male, lo prendo e, accarezzandolo, cerco di staccare i suoi artigli ben affilati dal sedile.

Lui mi guarda e alterna miagolii insistenti a fusa fortissime, e io cerco di allontanarmi ma nulla, alla terza volta che riesco ad estrarlo dall'abitacolo corre in mezzo alla strada. Oh, no cazz! La strada no!

Corro a prenderlo e in quel momento arriva una signora che, vedendo la scena commenta:

"Lo ha trovato? Deve tenerlo! Il gatto sceglie il padrone e questo ha scelto lei!"

Ma perché la gente non si fa mai gli affari propri? E soprattutto perché danno consigli? Ma chi ti ha chiesto niente!!

Squilla il telefono, mio fratello:

"Ciao si sto arrivando, lo so che avevo detto alla mamma che sarei passata per il caffè ma sono al cimitero c'è un gattino che mi segue mi salta in macchina non so come fare! Cosa?? Come sarebbe a dire portalo con te, e come faccio? Dove lo metto in macchina?"

In quell'istante la signora esperta di consigli, come per magia estrae dalla sua borsetta una federa, si avete capito bene, una federa di un cuscino e mi dice:
"Lo metta qua dentro!"

E io, stupita e perplessa, senza avere il tempo di reagire o di dire scusi signora ma lei gira sempre con una federa in borsa?
Mi trovo con il gattino insaccato nel lenzuolo in viaggio verso casa di mio fratello...

Arrivata a casa di mio fratello dove c'erano ad attendermi lui, la compagna con sua mamma e sua nipote oltre che mia mamma, dovevo essere l'attrazione del giorno e raccontare del successone del mio evento di ieri sera gonfiandomi nello sfoderare foto e articoli di giornale......

Nulla di tutto ciò: appena varcata la soglia di casa con in mano il sacco di cotone con un gatto indemoniato all'interno, io ero diventata invisibile.

La piccola tigre ha catalizzato attenzioni e interessi di tutti.

E così, tra il mio scetticismo e l'entusiasmo di tutti, ha vinto il tigrotto che aveva scelto me!

"Ok, per ora lo porto a casa ma io non posso tenerlo!! domani mattina lo porto in clinica veterinaria così verifichiamo se ha un microchip e mettiamo gli annunci sui social per essere sicuri che non sia stato smarrito".

E così, senza nemmeno accorgermene, alle 4 del pomeriggio ero a casa mia con un micro-gatto al quale avevo già comprato, solo per passare la nottata, un corredo degno di un principe!!

E per tutta la sera l'argomento clou delle mie telefonate era diventato il micro-gatto... il mio evento era già passato in secondo piano......

L'incontro (Gatto)

Non so da quanto sono qui ma ho già contato tre volte la luce e poi il buio... non capisco dove sono, non riconosco nulla di famigliare in questo ambiente, non ci sono miei simili solo degli umani che mi allontanano urlando appena mi avvicino, ma io ho una fame...

Ci sono dei viottoli pieni di sassolini e io li faccio rotolare e ci gioco ma poi passano gli umani e mi schiacciano, oh ma dico non mi vedono?

Per fortuna ci sono un sacco di vaschette piene di acqua, così posso bere quando voglio, ma io ho fame.

Nelle vaschette con l'acqua gli umani ci mettono i fiori così ho provato a mangiarli. Ho assaggiati tutti i fiori ed ho scoperto che alcuni sono proprio buoni, altri fanno schifo, e certi fanno addirittura vomitare, ieri sono stato malissimo.

Ora ho capito, quelli gialli non li mangio più!

Stamattina c'era un sacco di gente ora non c'è nessuno, fa un caldo...persino l'acqua nelle vaschette è bollente, imbevibile.

Non so che fare, ho trovato questo posticino che è un po'all'ombra, ora mi metto qui e dormo un po' poi penso.

Ehi ma che rumore è questo? Arriva qualcuno, uffa mi stavo addormentando.

Mmmh un'umana con il pelo del mio stesso colore, non l'avevo ancora vista! Vado ad annusarla. Come sa di buono, e non mi grida, anzi mi accarezza! Forse è un gatto come me?? Naaaa impossibile è una umana!

Ma quanto mi piaceeeeee... le faccio le fusa così magari capisce che mi piace....

Mi prende mi prende in braccio, che emozione....

Wow che bello mi gratta sotto al mento...come mi piace, ecco così, così non smettere.

No, ma perché mi rimette giù?? Ma cosa fa se ne va via?

No no la seguo. Ehi vai piano però, non correre!! io ho le zampette piccole, ma dove vai?? Aspettami.

Apre la macchina. Ok salgo. Perché mi rimetti giù? Cosa devo fare?

Portami con te ti prego ti prego hai un buon odore e poi ho fame non ne posso più di mangiare fiori.

Ok ho capito è la terza volta che mi butti fuori dalla tua macchina! Tienitela me ne vado!

Urca quante macchine veloci che arrivano qui, dove ero prima non c'era tutto questo traffico! Devo stare attento!

Ma che fai ora mi rincorri??

Mi prendi! Sisisisi portami con te senti faccio le fusa più forte che posso!

La mamma mi ha insegnato che per far capire che sono felice devo farlo così, forte forte.

La mamma.... Ma dove è la mia mamma?

Mi viene da piangere mi manca da morire ma è da giorni che piango e non mi sente nessuno, la mia mamma non c'è perché non viene a prendermi??

Non mi ricordo nemmeno quando è stata l'ultima volta che l'ho vista, che mi ha leccato tutto!

Aiutoooo ma dove mi stai infilando?? Non vedo nulla cosa è? Un sacco buio?? È morbido e respiro ma non vedo nulla!! Ma cosa succede??

Dove sono? Sento il rumore del motore, mi hai portato in macchina?

Ma perché mi hai messo nel sacco, mica ti rovinavo i sedili, o forse sì!? Non importa ma ti prego tienimi con te!

Ehi ma dove sono? Ma chi è tutta questa gente? Perché tutti mi vogliono toccare, lasciatemi in pace.

Finalmente cibo, cosa sono queste cose? Croccantini per gatti, ok va bene li avevo già assaggiati ma questi sono più buoni, buonissimi che fameee. Sete fame, qui c'è tutto.

Bello mi piace ma smettetela di toccarmi.

Ora sono tutti davanti a me, c'è la mia umana e poi altri che non ho scelto, ma lei è qui. Io la amo. Si l'ho amata da subito. Anche se mi ha messo nel sacco la amo.

Ho dormito un po' non so cosa sia successo, ero troppo stanco e dopo mangiato mi viene sempre sonno.

Ora mi rimette nel sacco nooooo aiuto.... Ma di nuovo in macchina e dove andiamo ancora?

Una casa, la mia casa!

Si l'umana mi ha portato a casa sua! Figo.

Che bello qui, le pareti colorate, i terrazzi, tantissimi fiori, quelli buoni!!

Che bella la mia umana, sono sicuro che anche lei mi ama. Mi ha messo anche le ciotole con i croccantini e l'acqua.

E poi continua a coccolarmi. Pazzesco come sappia sempre dove mi piace essere grattato, magari dopo mi lecca tutto!

Cosa fa ora? Ah ...La sabbietta nella cassetta, si l'ho già fatta questa cosa, ti faccio vedere che son bravo, non sporco in giro.

La prima settimana

E così per la prima volta nella mia vita senza nemmeno sapere come e perché iniziava la mia avventura con una mini-tigre, di un bel maschietto di 4 mesi, Lapo.

La mia prima convivenza con un animale domestico, o meglio, escludendo i fidanzati, diciamo il mio primo quadrupede!

La veterinaria aveva stimato che fosse nato intorno alla metà di maggio, quindi, senza dubbio, nella scheda anagrafica abbiamo messo la mia stessa data di nascita: 18 maggio.

L'amore a prima vista era stato sicuramente reciproco ma mentre lui sembrava aver fatto la sua scelta ed esserne ogni giorno sempre più convinto, io alternavo momenti di gioia assoluta ad attimi di puro panico.

Le sue unghiette affilate infilate nelle poltrone in pelle, nel divano, nelle trame dei tappeti mi facevano venire i brividi lungo la schiena ma, appena alzavo la voce o battevo le mani per fermarlo, mi guardava con la testa a tre quarti e quell'aria interrogativa che mi faceva dire "scusa amore mio, fai tutto quello che vuoi" perché questo fanno i cuccioli, ti rincoglioniscono e ti tolgono ogni autorità.

Eh sì, AMORE MIO, è diventato il suo secondo nome.

In meno di una settimana Lapo è diventato il padrone di casa e io l'ospite, o meglio il suo maggiordomo!

Mai fino ad ora avrei pensato di avere un gatto per casa e che gli avrei lasciato fare tutto, tutto quello che voleva.

I primi giorni non vedevo l'ora di tornare a casa dall'ufficio per poterlo vedere, sbaciucchiare, annusare, per giocare con lui. oltre a contare i danni della giornata. In un paio di settime aveva assaggiato tutti i mobili imbottiti di casa, attraversato il divano sopra e sotto appendendosi in orizzontale e correndo come un folle avanti e indietro.

Se continua così farà un solco e un giorno mi troverò seduta per terra, amen.

Appena l'ascensore arriva al piano, prima ancora di aprire la porta di casa lo sento miagolare, lui mi aspetta, gli sono mancata.

Appena apro la porta mi si struscia per dieci minuti sulle gambe, è tutto fusa e bacetti. E io sono lì, sciolta! Mi ama!

Per una settimana non sono uscita nemmeno una sera per stare con lui e tutti i miei amici venivano increduli a vedere chi fosse questo essere che mi aveva messo ai domiciliari.

Max e Albe, "le zie", subito innamorati. E pensare che Max è allergico al pelo dei gatti.

Ad oggi sono quattro anni che, pur di passare un po' di tempo con Lapo, si imbottisce di antistaminico e ci gioca finché non smette l'effetto, poi quando inizia a tossire, diventa paonazzo, è ora di andare.

La prima settimana (Gatto)

Che bello qui, ci sono tante cose buone non solo fiori. E soprattutto ci sono tante cose morbide, dove ero prima era tutto di sasso, tutto duro.

Lei è così gentile, mi mette sempre le cose da mangiare, c'è sempre da bere e l'acqua è sempre fresca e non puzza come quella che bevevo prima.

Credo di avere un nome nuovo però non ho capito se è LAPO oppure AMORE MIO, ma non importa quando lei mi chiama io dico "miaoooo" e lei è felice, e anche io.

Prima mi chiamavo GATTACCIO, ma i nomi nuovi mi piacciono di più.

Ogni tanto mi sveglio e lei non c'è, però ho capito che c'è una porta che la fa scomparire, ma se io mi metto lì vicino e miagolo per un bel po' lei riappare.

A volte mi stanco e mi si secca la gola allora devo andare a sdraiarmi un po' prima di ricominciare, ma è una bella soddisfazione quando funziona.

Non ho capito perché a volte alza la voce e sembra che mi stia sgridando, poi però io mi giro e la guardo facendo gli occhi dolci e allora lei si mette a ridere e mi prende in braccio.

Qui viene un sacco di gente e tutti mi toccano, mi spettinano tutto e mi lasciano il loro odore sul pelo che poi mi ci vuole un'ora per leccarmi tutto.

Il mio preferito è quello che la mia umana chiama Max. Lui mi fa giocare tanto e non mi prende mai in braccio.
Mi accarezza solo sulla testa che a me piace da morire, poi a un certo punto fa degli strani versi, diventa tutto rosso e se ne va dalla porta magica.

Solo che quando vanno via gli altri umani io non mi metto a chiamarli per farli tornare.

C'è una cassetta con la sabbia dove io faccio la pipi e la cacca. Poi quando torna la mia umana va subito a vedere e la fa sparire. Mi piace perché così non mi sporco le zampine.

Ogni giorno scopro qualcosa di nuovo. Per esempio, oggi ho scoperto che sotto al divano posso correre avanti e indietro e sembra di essere sul soffitto, figo!

A volte mi si impigliano le unghie da qualche parte e vedo dei fili lunghi lunghi che escono allora li mordo con i denti e ci gioco un po', finché non sento urlare e per un po' mi fermo.

Sul tavolo ci sono sempre un sacco di cose da buttare giù.

Le mie preferite sono le monete, perché rotolano un sacco e le faccio scivolare sul pavimento, poi le rincorro finché non vanno a finire sotto ai tappeti allora le lascio lì, tanto quando voglio vado a riprenderle e ci gioco ancora.

Poi lei prende una cosa in mano con una corda e un pupazzo pieno di piume e campanelli e corre avanti e indietro come una pazza per tutta la casa.

Io ho capito che è il suo gioco preferito e per un po' la accontento e gioco con lei, ma poi mi stanco, e poi quelle piume mi restano in bocca, che fastidio!

Giochi

Passo ore nei pet shops cercando giocattoli per farlo divertire, topini colorati, palline di gomma, piccoli mostri con sonagli e piume.

Poi torni a casa sfoggiandoli davanti al suo nasino ma nulla, neanche la soddisfazione di farmi vedere che ha gradito il pensiero!

L'unica cosa che lo interessa davvero è il sacchetto di carta del negozio, quello sì che è un vero spasso!

Mi avevano tanto raccomandato un bastoncino di legno con un cordoncino con attaccato un pupazzetto:
"Vedrai questo lo farò impazzire, appena lo muovi lui lo rincorre per tutta la casa"

Negativo!

Io mi faccio chilometri di corsa avanti e indietro per tutta casa mentre lui mi guarda dal divano con aria di sufficienza!

Completamente disinteressato.

Unico lato positivo, almeno io faccio un po' di moto!
Ma non mollo, da tre anni ci provo tutte le sere, pensando: dai vedrai che oggi è la volta buona!

Comunque, nel tempo ho imparato che Lapo trova molto più interessanti e divertenti oggetti casalinghi, per esempio una sera mi è caduto un tappo di sughero e l'ho visto impazzire di gioia, rincorreva quel tappo come se fosse il più bel gioco del mondo.

Lo nascondeva sotto al tappeto e poi andava a riprenderlo con la zampina facendo una specie di danza di traverso tutto gonfio e sgommando in dérapage sul pavimento.

Chiaramente quando sei tu che provi a prendere un tappo e glielo porgi per giocare si ripete la scena dei giocattoli. Disinteresse puro.

Altro oggetto che ho scoperto per caso essere di suo gradimento una pallina di carta stagnola che stavo buttando nel cestino ed è scivolata a terra.

Beh, non so dove fosse se seduto sul divano o su una sedia in relax, è arrivato di corsa avventandosi dall'alto a quattro zampe sulla pallina e ci ha giocato per ore.

L'unico gioco acquistato che lo fa letteralmente impazzire è un topolino di panno che ha un fischietto all'interno e quando lo schiacci squittisce.

Appena lo tiro fuori dal sacchetto inizia a miagolare come per dire "Dammelo subito che lo distruggo!" Lo fa saltare con le zampine, gli fa gli agguati. Lo prende in bocca facendolo squittire finché non si spacca il fischietto, prima gli mangia tutta la codina in gomma, poi il musetto togliendogli occhi baffi e orecchie e poi lo finisce gettandolo nella ciotola dell'acqua!

Tutta questa scena dura di media 15-20 minuti massimo, per ogni topino!!!

Ovviamente sono minuti che io passo a guardarlo in adorazione, ridendo come una pazza e facendo foto e video che poi mando a tutti i miei amici!!

Lapo prova anche una fortissima attrazione verso i fili elettrici, in particolare auricolari e carica batterie dei cellulari e dei pc.

Quando me ne sono accorta ho provato a nasconderli ma il suo radar felino riesce sempre a trovarli.

Non l'ho mai colto sul fatto perché questo tipo di caccia la riserva per le ore notturne ma la mattina meli porta in camera sul pavimento completamente distrutti dai morsi.

Una media di un cavo al mese da sostituire. Non male direi.

Appena posso lo faccio uscire sul terrazzo dove ho messo la rete protettiva e sotto la mia attenta supervisione, e li dà il meglio di sé, sfoga il suo vero istinto felino e passa le ore a caccia di insetti striscianti, o volanti che siano.

Le parti salienti si dividono in punta, rincorsa, salto, presa e purtroppo il finale è sempre lo stesso: se li mangia!

Che siano maggiolini, farfalline mosche o altri bacherozzi orribili finisce sempre così.

A nulla valgono le mie urla "CHE SCHIFOOO" e tantomeno inutile cercare di toglierli dalle sue grinfie...le uniche che non si mangia sono le cimici, ci gioca con la zampina, poi avvicina il naso e se ne va disgustato, forse hanno un cattivo odore anche per lui.

Anche in casa a volte trova un ragnetto o una mosca e, di nuovo, la stessa scena, io che grido "CHE SCHIFOOO" e lui che si lecca i baffi orgoglioso. Poi viene a darmi i bacetti, bleach!!

Giochi (Gatto)

La mia umana torna a casa spesso con dei sacchetti, a volte sono pieni di cibo, a volte sono pieni di vestiti, a volte (spesso) sono scarpe, che, dico io, ma ha solo due piedi e si compra tutte quelle scarpe, ma come fa a mettersele tutte??

A volte ha dei sacchetti di carta bellissimi, sono del negozio di animali, c'è sempre il mio cibo e poi con quel sacchetto gioco per ore: prima ci entro è una bellissima capanna, non mi vede nessuno e fa un bellissimo rumore, poi esco e lo guardo da fuori, è bellissimo, allora inizio ad assaggiarlo finché non l'ho completamente distrutto, non dura tanto ma è bellissimo!

Dopo devo andare a dormire almeno un paio d'ore perché mi stanco tanto!

Da quei sacchetti ogni tanto però tira fuori delle cose assurde.

Non ho ancora capito a cosa servono, lei me le sfoggia davanti al naso come se in qualche modo dovessero interessarmi, infine la vedo correre avanti eh indietro per tutta la casa, si vede che è un gioco per umani, certo che si divertono con poco!

A me piace solo il topino: appena lo tira fuori dal sacchetto glielo rubo dalle mani e me lo divoro in un attimo, tanto lei ha il suo bastone col cordino per giocare, il topino lo prendo io.

Appena smette di fare quel verso insopportabile ogni volta che lo morsico lo prendo in bocca e lo metto nella ciotola dell'acqua, così impara!

In casa ci sono anche delle specie di bisce lunghe e sottilissime, sembrano vermi ma sono moolto più lunghi. Di giorno li vedo muoversi vicino ai telefoni o al PC della mia umana, io resto lì a controllare che non le facciano del male.

La notte li vado a cercare nelle loro tane, li trovo nei posti più impensati, tutti arrotolati e stanno lì fermi. Si vede che di notte dormono, non si muovono, non strisciano.

Allora io li attacco prima con le zampe poi coi denti finché non mi assicuro che siano completamente ko.

Dopodiché li porto ai piedi del letto così quando lei si sveglia è felice.

Poi, mentre dorme, mi metto vicino a lei a riposare un po' perché certe lotte sono davvero estenuanti, mi distruggono.

I miei giochi preferiti sono i "*che schifo*". Lei li chiama così.

Quando mi fa uscire sul terrazzo ne trovo un sacco.

Alcuni volano, altri camminano ma io li inseguo e alla fine riesco a catturarli e me li mangio tutti. Con la fatica che faccio a prenderli mi sembra il minimo!

Certi sono verdi e puzzolenti, quelli non me li mangio, ci gioco un po' ma poi si buttano a pancia in su e si arrendono, non sono nemmeno divertenti.

Una volta ho trovato un *che schifo* gigante, bellissimo, tutto nero, camminava anche veloce e poi ogni tanto volava, ci h messo mezz'ora prima di riuscire a catturarlo mentre lei stava sdraiata lì a prendere il sole. Volevo portarglielo sulla pancia per farle vedere come ero stato bravo, prima di mangiarlo tutto.

Ma appena sono atterrato su di lei con la mia preda tramortita e ancora agonizzante, si è messa a urlare chiamandolo più volte come una pazza "Che schifo, che schifooo" e mi ha fatto spaventare! Poi quando sono tronato non c'era più!

Mi sa che se lo è mangiato tutto lei, mannaggia.

Il tappeto volante

In casa ci sono diversi tappeti di varie dimensioni e colori.

Ci sono tappeti in ogni locale, in camera, in studio, in soggiorno, ovviamente anche i classici nei bagni e nella cucina.

Per mesi Lapo si è divertito ad usarli tutti come tiragraffi.

Inutile dire che gli ho comprato ogni tipo di mostruosità in commercio apposta per soddisfare le esigenze feline di farsi le unghie.

Veri e propri pali rivestiti di corda sui quali i gatti (gli altri) si allungano piantando le unghie e tirando finché non si sono soddisfatti.

Alcuni sono giganti con forme assurde tipo albero di cactus con dei ripiani tra un braccio e l'altro rivestiti di peluche e piccole cucce con palline annesse.

Ogni volta che mi lamentavo con il proprietario del negozio di animali spiegandogli che il mio gatto non utilizzava il tiragraffi che mi aveva venduto ma continuava a farsi le unghie sui miei tappeti, lui mi rifilava un obbrobrio sempre più grosso esaltandone le qualità e dicendomi "Vedrai, con questo si divertirà un mondo!"

Tutto inutile.

Ho provato anche a fargli vedere come si sarebbero dovuti usare, mettendomi carponi e provando ad imitare il gesto che lui avrebbe dovuto fare, nulla.

Ho provato anche a prendergli le zampine ed appoggiarle sulla corda. È fuggito di corsa.

Per fortuna ho tanti amici gattari a cui posso elargire donazioni di inutilizzati ed ingombranti oggetti.

Insomma, dopo aver riempito la casa di qualunque tipo di costosissimi tiragraffi, mi sono completamente rassegnata.

Lapo si fa le unghie sui miei tappeti, chiaramente preferisce i persiani più costosi, quelli di poco valore, per esempio quelli del bagno o della cucina, non sono di suo interesse.

Ce n'è uno in particolare che certamente è il suo preferito: una passatoia in lana con le frange che sta nel corridoio tra la mia camera e lo studio.

Ho sempre creduto che passasse gran parte della giornata a farsi le unghie su quello perché ogni giorno, rientrando a casa, lo trovavo tutto accartocciato su sé stesso.

In effetti è molto leggero e non avendo nulla sopra che lo tenga fermo sul parquet, si muove con facilità.

Gli altri tappeti di casa sono tutti più grandi e non possono spostarsi perché hanno appoggiati sopra mobili, tavoli, sedie o poltrone.

Un giorno però, rientrai a casa e vidi una scena che mi illuminò sulla reale funzione, secondo Lapo, di quel tappeto.

Lo vidi prendere la rincorsa dalla camera e arrivare correndo come un pazzo davanti al tappeto, fare un balzo sollevandosi da terra con le quattro zampe tese per tuffarsi sopra la passatoia e scivolare come se stesse surfando fino al locale di fronte.

Io restavo a guardarlo incredula mentre lui ripeteva la stessa scena cambiando di volta in volta lato di rincorsa, dalla camera allo studio e dallo studio alla camera.

Gatto Matto!

Ok quindi avevo capito, quello non era il tappeto delle unghie ma il "tappeto volante".

Una sera, prima di andare a dormire, passai dal corridoio e istintivamente vedendo il tappeto accartocciato, lo tirai con un piede per rimetterlo dritto.

Non lo avessi mai fatto.

Lapo, vedendo il tappeto che si muoveva, si buttò sopra iniziando a morsicarlo come un pazzo e spostandolo di nuovo tutto da un lato del corridoio, allora io di nuovo con il piede presi a spostarlo, ma stavolta con lui sopra.

Beh, posso dirvi che sembrava un bambino che sale per la prima volta sulla giostra.

E più lo strattonavo, più lui si arrotolava nel tappeto impazzito di gioia e morsicando tutti gli angoli cercando di afferrare con le unghie le frange che si muovevano, e se provavo a fermarmi per andare verso la camera mi rincorreva e mi faceva capire che voleva ancora giocare sul tappeto, e avanti, mezz'ora a strattonare avanti e indietro per il corridoio il tappeto ridendo come una pazza nel vedere il divertimento del gatto.

Da allora, ogni sera, non importa che ora sia e non importa il mio livello di stanchezza ma, appena mi avvio verso la camera da letto, ovunque si trovi, arriva di corsa come un fulmine e su butta sul tappeto volante e mi toccano almeno dieci minuti di strattoni.

Se provo a glissare passando oltre e cercando di intrufolarmi in camera saltando questa operazione, mi insegue piangendo come un pazzo finché, per sfinimento, lo accontento.

CAT POWER!

Il tappeto volante (Gatto)

Non so come fanno gli umani a cambiarsi le unghie, io le infilo nei tappeti e tiro forte per un bel po' di volte finché non si staccano e finalmente posso avere le unghiette nuove, belle affilate che entrano nel divano e nel rivestimento del letto in pelle che è un piacere.

A volte si incastrano e mi tocca insistere o cambiare tappeto perché non tutti funzionano bene per le mie unghie.

La mia umana ha fatto un periodo a cercare di sabotare la mia manicure quotidiana, mettendo sui tappeti migliori delle specie di paletti alcuni anche grandi che sembravano alberi, ma io so che non sono piante, quelle io le conosco bene, le piante hanno le foglie e io le assaggio sempre.

Quelli erano dei pali, lei li metteva sui miei tappeti e ogni tanto si metteva seduta vicino e li toccava poi mi prendeva le zampine e cercava di farmeli accarezzare.

Mamma mia che brutta sensazione sui mei gommini. Che se li accarezzasse lei quei così fastidiosi!

Ma mi sa che anche a lei non piacevano tanto perché poi da casa sono spariti tutti e per fortuna ha liberato lo spazio sui miei tappeti.

I tappeti in casa servono a farsi le unghie, è chiaro. Solo alcuni non vanno bene ma la mia umana non lo capisce e continua a lasciarli in giro, fa niente, si vede che servono a lei.

In casa poi c'è un tappeto che è magico, quello non serve per le unghie, quello si muove! Si: io mi butto sopra di lui e mi porta in giro, è pazzesco ma è davvero bellissimo.

Di giorno ci combatto per ore, si muove tutto, si accartoccia e poi si tira e diventa di nuovo lungo, poi ha tutte le frange che si muovono è fantastico. La sera invece si anima di più quando ci passa sopra la mia umana.

Non so perché, si vede che lei sa come farlo funzionare e allora quando va a letto ci passa sopra, io la inseguo e andiamo insieme a fare la lotta: lei lo tiene un po' dalla testa e un po' dalla coda con un piede, io lo prendo con le unghie e i denti, insomma lui si muove per un bel po' poi finalmente si arrende e resta lì fermo.

Così finalmente possiamo andare a dormire.

Dal veterinario

Mancano pochi giorni a Natale.

Come sempre in questo periodo dell'anno il carico di stress è altissimo.

Tutti impazziti come se dovesse essere l'ultimo Natale della propria esistenza. I motivi per cui tutti corrono in questi giorni sono mille, ma in cima alla classifica abbiamo:
la corsa agli ultimi regali, che poi gli "ultimi" sono sempre almeno una decina e tra i più importanti.

E come se non bastasse non si hanno idee e nemmeno il tempo per farsele venire, e via a correre come dei pazzi tra negozi e centri commerciali alla ricerca di idee e di soluzioni!

La corsa a chiudere tutte le pratiche lavorative prima delle agognate vacanze fino a Capodanno o, per i più fortunati, fino all'Epifania.

La corsa a dover incastrare aperitivi, cene, dopo cena per i famosi "brindisi di auguri" con tutti gli amici possibili e immaginabili e guai a mancare perché se no poi si offendono e l'anno prossimo non ti invitano più!

La corsa allo shopping per il perfetto outfit per la cena della vigilia, per il pranzo di Natale in famiglia e, ovviamente, per la notte di Capodanno, che poi anche se non fai nulla e ceni a casa con gli amici, devi avere per forza addosso un vestito nuovo e stupire!

Ora, in mezzo a tutto questo frastuono di corse, vuoi non avere l'incombenza di dover portare il gatto dal veterinario a fare la vaccinazione????

Naaaa, non si poteva evitare né tantomeno rimandare!

Allora il 20 di dicembre hai fissato l'appuntamento alle 18.30.

Calcolando che alle 18.00 sei ancora in ufficio trattenuta dal tuo capo che, ovviamente, aveva un'ultima cosuccia da dover vedere con te, e considerando che alle 20.30 dovrai essere (docciata, pettinata, truccata e vestita di tutto punto) alla cena di Natale con gli amici storici nel ristorante di un paese che dista mezz'ora di macchina da casa tua...potete immaginare il carico di stress.

Ore 18.15 finalmente sono in macchina, volo a casa.

Parcheggio sotto casa inesistente. Ok la mollo qui davanti all'ingresso con le quattro frecce tanto scendo al volo.

Entri in casa, saluti il gatto che ti aspetta come sempre dietro la porta e corri in bagno perché la stai tenendo da dieci ore e non ce la fai più.

Apri l'armadio tiri fuori quello che in un lampo di genio durante il girono hai pensato di metterti per la serata e lo sbatti sul letto, così dopo il veterinario torni a casa fai la doccia al volo ed è già tutto pronto.

Vai nel sottotetto a prendere il trasportino e cerchi di acciuffare il gatto che, appena vede la gabbia inizia a capire la destinazione e si nasconde nei posti più impensati.

Dopo graffi e morsi riesci finalmente ad ingabbiare il peloso e correre verso l'uscita.

Check: hai tutto? chiavi di casa e chiavi della macchina, gatto nel trasportino ok, vado, esco di casa appoggio la gabbietta sullo zerbino mentre chiudo la porta blindata e chiamo l'ascensore ma...alla terza mandata mi viene in mente che non ho preso il libretto, riapri la porta entra in casa cerca il libretto ficcalo in borsa e di nuovo via...

Ore 18.40 sto parcheggiando fuori dallo studio del veterinario, dai 10 minuti ci stanno, e poi anche loro sono sempre in ritardo.

Sto per entrare e sulla porta incontro un amico che sta uscendo:

- Ciao Simo, tutto ok?

- Ciao Raffy si ho il cane che non sta bene glielo ho dovuto lasciare qui perché devono fare accertamenti, e tu?

- E io sono qui per vaccinare il gatto, corro che sono in ritardo sparato, ci vediamo dopo alla cena, baciooo

- Ok ciaoooo

Entro e la sala d'attesa è piena. Come al solito. In realtà è una clinica veterinaria quindi ci sono diversi medici quindi spero di non metterci troppo.

Mi siedo.

Mi sento osservata.

Alzo gli occhi e vedo che tutti mi stanno guardando. Inizio a sentirmi a disagio e non capisco cosa hanno da guardare.

Mi alzo e mi specchio su una vetrata per capire se ho qualcosa fuori posto...

Nulla...

mmmh...

Allora faccio una panoramica della gente seduta e, con stupore infinito, noto che hanno tutti un animale in una gabbia sulle ginocchia o al guinzaglio......tranne me....

caaaaaaazzzooooooo.......

Ho dimenticato il gatto!!!!!!

Mi fiondo fuori dalla porta e salgo in macchina guidando traumatizzata fino a casa.
Corro su per le scale senza fiato e trovo Lapo addormentato pacifico nel trasportino sullo zerbino.

Apro la gabbietta lo riempio di baci e ripercorro la strada.

Nella sala d'attesa quelli rimasti che avevano assistito alla scena precedente facevano davvero fatica a trattenere le risate.

Ah, alla cena sono arrivata in ritardo ovviamente ma, la prima cosa che ho fatto:

- Ciao Simone, ma quando mi hai vista non potevi dirmi che non avevo il gatto??? Amici amici.... e che cavolo!!!!

Dal veterinario (Gatto)

In questi giorni non so cosa stia succedendo ma mi piace un sacco.

La mia umana ha messo un sacco di cose nuove in giro per casa: palline colorate appese dappertutto, luci che si accendono e si spengono, persino un albero con attaccati un sacco di giocattoli.

Mi sembra di essere al luna park!

Si vede che ha capito che mi annoio durante il giorno e ha voluto strafare.

Solo non mi è chiaro perché quando attacco i giochi nuovi lei alza la voce come se le desse fastidio, allora non capisco cosa devo fare, mica pensa che posso solo guardarli!

Oppure lo fa perché vuole che durino un pochino più del solito, ha paura che li distrugga subito come faccio di solito... va beh, cercherò di andarci più cauto, sono talmente tanti che ho l'imbarazzo della scelta.

La cosa più bella è l'albero.

Di notte riesco a saltare fino in cima sulla punta e lo butto per terra così tutti i giochi fanno un bel rumore e le palline rotolano in giro per tutta la casa, che meraviglia!

La mattina lei si arrabbia un po' perché alcuni si rompono e deve raccogliere i cocci, ma è colpa sua che li ha scelti un po' troppo delicati per farli rotolare in giro.

Poi in questi giorni è più stana del solito, corre sempre.

Entra ed esce di casa un sacco di volte e ogni volta si cambia vestiti.

Tutti i gironi lei arriva con sacchetti pieni di pacchetti grandi e piccoli e li mette tutti sotto al mio albero.

Sono molto belli perché hanno delle carte che scricchiolano e fiocchi che fanno un bel rumore quando li muovo con la zampina, penso che li metta sotto l'albero per farmi da scaletta per farmi arrivare più comodamente alla punta.

Ma io sono un gatto!

So saltare anche da terra fino in cima senza bisogno di aiuti.

Cosa vuoi che ne capisca.

Un giorno è arrivata particolarmente agitata. Io la aspettavo come sempre dietro la porta magica, lei è arrivata e non mi ha nemmeno baciato.

È corsa in bagno e io l'ho seguita.

Poi ha messo altri vestiti sul letto e a un certo punto è andata a prendere la gabbia. Io odio quell'affare.

Tanto lo so che quando mi infila li dentro è per portarmi da quelle che mi fanno tante coccole con la vocina e poi mi fanno sempre qualcosa di brutto e doloroso.

Non ci voglio andare da quelle. Non ci entro in quella gabbia.

Corro sotto il divano. Mi prende. Scappo come un razzo sotto il tavolo. Mi prende. Mi bacia ma tanto lo so che mi vuole mettere in gabbia... falsa!

Ecco sono dentro a questa microscopica gabbia, ora mi porterà sulla macchina che a me viene pure il mal di pancia!

Mi mette per terra sullo zerbino, sento che chiude la porta magica e poi la riapre e poi la richiude.

Poi silenzio...mmmh...non sento più rumori, non capisco.

Lei è sparita ma non ho capito se è entrata in casa o se è entrata nell'ascensore.

Io sono qui...fa anche freschino, meno male mi ha messo sotto la copertina.

Aspetto, non sento nulla. Non capisco. Allora meglio farmi una bella dormita. Qui non succede nulla e da qui non so come uscire.

Ci ho già provato in tutti i modi ma impossibile evadere!

Di colpo mi sento scuotere.

È tornata, non so quanto tempo sia passato. Apre la gabbia mi tira fuori e mi riempie di baci come se non ci vedessimo da mesi, mi confonde, non credevo di aver dormito così tanto.

Ecco ora sono sulla macchina, lo sapevo.

La convivenza

Io e Lapo conviviamo da quattro anni.

Senza dubbio la convivenza più serena della mia vita.

Non mi sarei mai aspettata di avere un rapporto così meraviglioso con un esserino peloso, anche perché il suo ingresso nella mia vita non era stato programmato anzi, direi che è stato del tutto inaspettato.

Lui ha scelto me e io gliene sarà grata per tutta la vita. Viviamo un amore incondizionato e reciproco.

Non ho figli quindi non posso fare un paragone con chi è mamma di un umano, io però sono così fiera di essere mamma di Lapo!

Non potrei mai più fare a meno della sua presenza, e sono ormai assuefatta alla presenza dei suoi peli ovunque.

Non ci sono spazzole che riescano ad eliminarli in modo completo da sedie, letto, divani e tantomeno dai miei vestiti, me li ritrovo anche nella biancheria, ma ormai non ci faccio nemmeno più caso.

Abbiamo trovato un buon equilibrio e le nostre abitudini si sono integrate perfettamente.

Di notte dorme un po' con me e un po' sul divano in soggiorno.

Appena mi corico lui salta sul letto, cerca una posizione tastando con le zampine e facendo un po' di "pasta" qua e là, poi si raggomitola di fianco a me appiccicato come una cozza e si addormenta facendo le fusa.

Dopo qualche ora di colpo si sveglia, ovviamente sveglia anche me miagolandomi nelle orecchie, poi si stiracchia e si catapulta giù dal letto dirigendosi verso la cucina, un piccolo spuntino e poi continua a dormire sul divano, un paio d'ore, finché non decide di tornare di nuovo da me, ripetendo la stessa scena.

E così tutta la notte tutte le notti.

La mattina, appena suona la sveglia, se è sul divano arriva al galoppo in camera miagolando e vuole che lo segua fino in sala dove gli apro la finestra per uscire in terrazzo.

Nel week end, potendo dormire un po' di più, non punto la sveglia e lui arriva puntuale camminandomi sulla pancia o sulla schiena, sedendosi stile cinghiale della *Brioschi* inizia a miagolare indispettito a un centimetro dalla mia faccia, come per sgridarmi e spronarmi ad alzarmi.

Mentre io faccio colazione lui gironzola in terrazzo, una mezz'ora di gioco con la natura: mangia qualche fiore, insegue qualche insetto, segue con la testolina il volo degli uccellini.

Poi lo rimetto in casa e mi preparo per uscire.

Quando non devo andare al lavoro lo lascio anche tutta la mattina fuori.

Ho messo il terrazzo in sicurezza con una rete apposita e lo lascio uscire solo sotto la mia supervisione.

È un buon compromesso che accontenta entrambi.

Per fortuna il terrazzo è molto grande e pieno di piante e fiori di ogni genere e lo faccio uscire tutte le volte che posso.

Anche la casa è grande e non gli manca di sicuro lo spazio per trascorrere le giornate senza annoiarsi.

Quando rientro a casa lo trovo davanti alla porta di ingresso, e mi accoglie sempre con un concerto di miagolii misto a fusa mentre si struscia sulle mie gambe, come il primo incontro.

Da allora è così sempre, tutti i giorni.

E io mi sciolgo, tutti i giorni, come il primo giorno.

Allora lo prendo in braccio lo coccolo e gli racconto la mia giornata mentre lui a modo suo mi racconta delle cose.

Mi siedo sul divano con lui in braccio, lo annuso, lo accarezzo e lo riempio di baci dappertutto.

All'inizio sta lì volentieri poi di colpo si alza e se ne va come se fosse scocciato, a volte mi tira anche un morso sul polpaccio a tradimento! Forse non gradisce che lo accarezzi contropelo?

Poi faccio un giro di perlustrazione giusto per fare un inventario e la conta dei danni:

infradito e Crocs distrutte a morsi, spugne ridotte a brandelli, tappeti accartocciati, caricabatterie masticati e nascosti sotto al letto, giornali rosicchiati, oggetti e soprammobili buttati a terra da qualunque superficie e da qualunque altezza, piante assaggiate... poi un bel giro di pulizia della cassettina, che richiede almeno venti minuti di raccolta di tutti i sassolini che butta fuori sul pavimento.

Ancora devo capire perché!

Dopodiché si fa rifornimento di cibo e acqua e ci dedichiamo a un po' di gioco insieme.

Quando giochiamo mi fa troppo ridere vederlo fare piccoli agguati, gobbe e balzi assurdi e correre indiavolato con la coda gonfia come se avesse visto un fantasma.

E, sinceramente, è tutta la ginnastica che mi concedo.

La convivenza (Gatto)

Io e la mia umana viviamo insieme da tanto tempo. Fin dal primo momento che l'ho vista ho capito subito che era perfetta, aveva un buon odore.

Lei mi ha portato a casa sua ma ora è diventata casa nostra. Anzi se devo dirla tutta dato che io ci passo molto più tempo è più mia, ma la condivido volentieri con lei.

Peccato che io vorrei passare più tempo fuori sul terrazzo ma posso uscire solo quando c'è anche lei.

Non so perché ma non si fida a lasciarmi solo, l'ho capito!

A me piace perché mi capisce, andiamo molto d'accordo. E stiamo anche molto tempo insieme, ma anche io ho bisogno dei mei spazi.

Per fortuna gran parte delle giornate le passa al lavoro e spesso la sera esce con gli amici così io sono tranquillo.

Faccio i miei pisolini, guardo fuori dalla finestra, penso, mi lecco tutto e mi faccio la tolettatura, faccio la pipì e la cacca stando ben attento a tirare ogni volta un sacco di sassolini fuori dalla cassetta e lanciarli il più lontano possibile sul pavimento.

In realtà mi stanca molto farlo, ma so che la mia umana si diverte così tanto a giocare a raccoglierli che mi spiace non accontentarla, pensa, è la prima cosa che va a vedere tutte le volte che torna a casa.

Se mi dimentico o se non sono ancora andato a fare i bisogni fa una faccetta triste, si vede che rimane proprio male.

Ogni tanto però fa venire gente a casa, e va anche bene perché sono tutti simpatici e passano tanto tempo a farmi i grattini, poi a me piace sentire chiacchierare, non so bene cosa dicano ma sento la mia umana ridere spesso quindi vuol dire che sono felici. A volte mi metto in mezzo a loro e rido anche io.

Quando la mia umana rientra a casa dopo il lavoro io l'aspetto per raccontarle tutto quello che ho fatto o quello che ho sognato durante i vari pisolini.

Poi le dico cosa deve fare:
pulire la lettiera grazie,
spazzolarmi grazie,
riempire la ciotola di croccantini grazie,
acqua fresca grazie,
umidino grazie,
...e lei fa tutto ciò che le dico...

Così poi, per ricambiare la sua gentilezza, la faccio giocare un po'.

Dopo lei mi prende in braccio e mi accarezza dove piace a me allora io vado in estasi e scattano in automatico fusa e brividi sulle zampe davanti, non so come mai ma mi piace da impazzire, solo che mi viene da fare questo movimento con le zampe e lei dice che io faccio la pasta.

Io non faccio la pasta, io sto solo godendo!

Poi a un certo punto smette e mi bacia dappertutto, e già mi innervosisce e poi... ohnno!! lo fa anche stavolta... mi accarezza contropelo... ma perché perché perchéee dico io...mi spettina tutto, io odio quando lo fa non lo sopporto proprio, ci metto ore poi a leccarmi tutto per rimettermi in ordine.

Così me ne vado scocciato e se riesco le dò pure un bel morso sul polpaccio a tradimento!

Sveglia, Sveglia, Svegliaaaaaa!

Lapo dorme per quasi tutto l'arco della giornata.

Di preciso non so quando sono al lavoro cosa faccia, a parte trovare segni del suo passaggio qua e là, tipo fili tirati sulle sedie o sul divano, tappeti ribaltati o arricciati, ma so per certo che nelle giornate che trascorro in casa lo vedo sempre raggomitolato da qualche parte a dormire.

A volte mi avvicino per accarezzarlo o prenderlo in braccio e mostra evidenti segni di disappunto per averlo svegliato.

Il fatto è che sentendomi magari in colpa per averlo lasciato tanto tempo da solo, quando sono a casa vorrei approfittare per farlo giocare o per coccolarlo.

Non funziona così.

Solo e quando vuole lui è ora di giocare.

Solo e quando decide lui è ora delle coccole.

Ovviamente questo coincide con gli unici momenti che tu ti vorresti invece prendere per rilassarti.

Più o meno funziona così: appena mi siedo sul divano e accendo la TV arriva con un crescendo di miagolii a raffica e con la coda dritta tipo pinna di squalo, quasi con aria minacciosa a volerti dire "Non vorrai mica rilassarti proprio ORA che IO ho voglia di giocare???"

Oppure quando ti sdrai sul divano vicino a lui cercando di non disturbare il suo sonno e vuoi solo fargli sentire la tua presenza e magari allungargli qualche grattino... si alza di scatto, si stira, ti guarda con aria seccata e se ne va, a cercare un altro posto lontano da te dove continuare a riposare.

Diverso è se ci sono 40 gradi e ti siedi lontano da lui per cercare di stare al fresco e non coprirti di pelo... Ecco, allora quello è il momento in cui lui vuole starti tanto tanto vicino, ti si mette in braccio e inizia a fare le fusa come se avesse ingoiato un motorino e non si schioda nemmeno per sogno.

Ma il peggio succede di notte.

Di media una notte su tre, quando tu sei nel pieno del sonno e stai sognando come un bambino ... taaaac, con un balzo felino ti atterra dall'alto (sì perché durante il giorno quando tu non lo vedi si esercita nella pratica del salto in alto e salto in lungo) direttamente sulla pancia... e sto parlando di 7 kg di ciccia che ti piombano sullo stomaco, o se sei fortunato sulla schiena.

A parte lo shock, a cui, nonostante succeda con frequenza, non riesci ad abituarti, una volta capito che non ti sta crollando addosso il palazzo ma sei solo in balia del tuo gatto, guardi l'orologio sperando che sia comunque quasi l'ora di alzarsi e immancabilmente resti deluso perché sono le 4 di notte!

A quel punto cerchi di spostarlo teneramente parlandogli con dolcezza e spiegandogli che è notte fonda e che deve lasciarti dormire!

Ma nulla... tempo perso!

Con un'arroganza da re della giungla ti si rimette addosso miagolandoti prepotentemente a un centimetro dal naso e continua per almeno 10/15 minuti.

I primi tempi pensavo fosse un disagio e perdevo il resto della notte a cercare di capire cosa avesse bisogno:
oddio avrà fame e non gli ho messo i croccantini;
oddio avrà mal di pancia starà male per qualcosa, ma cosa? Come faccio a capirlo? Cerco su internet;
oddio ho chiuso la porta per sbaglio e non riesce a raggiungere la sua cassetta dei bisogni;
oddio avrà visto o sentito qualcosa che l'ha spaventato;

oddio non gli ho messo l'acqua nella ciotola.

.....

Ora so che non è nulla di tutto ciò, è solo che si annoia, e, siccome ha dormito tutto il santo giorno, e che tu fossi a casa o fuori casa non conta, ma ora si annoia e vuole giocare....

E vuole, anzi pretende, che tu ti alzi e che faccia quello che vuole fare lui: uscire sul terrazzo a cacciare insetti, correre dietro al giochino che tu gli devi muovere, ricorrere il topino che tu gli devi tirare, giocare a rincorrerlo per tutta la casa e farlo saltare su e giù dal tavolo, sedie, letto, divano...

Insomma, le notti con Lapo non sono mai tranquille.

Quella volta che non mi sveglia è perché invece ha deciso che anche lui vuole dormire, ovviamente con me attaccato corpo a corpo con la colla, a prescindere dalle stagioni e dai gradi.

E guai a muoverti perché poi ho il terrore di svegliarlo!!!!

Sveglia, Sveglia, Svegliaaaaaaa! (Gatto)

Io dormo tanto, e mi piace proprio tanto, d'altronde Noi gatti siamo fatti così.

Mi piace dormire in tutti i punti della casa, soprattutto quelli morbidi e ben profumati così quando mi sveglio do subito una bella tirata di fili quà e là.

Allora la casa è mia e mi metto dove voglio io.

Ancora non ho capito perché, con tutto lo spazio che c'è e con tutti i posti che ci sono in casa, la mia umana deve sempre venire a sedersi dove ci sono io.

Ma cavoli, possibile che non capisca?

Io sono qui bello comodo che sto sognando la mia puntata della storia, si perché se non lo sapete noi gatti sogniamo a puntate, ogni pisolino un nuovo episodio.

E lei deve interrompermi perché ha voglia di giocare?? Ma io ho giocato tutto il tempo che lei era fuori ora sono stanco molto stanco ho bisogno di riposare!

Oppure a volte mi sveglia perché ha bisogno di coccole, allora un po' la capisco, e resto lì vicino per farle le fusa così si tranquillizza, poi però me ne vado perché ho bisogno del mio spazio.

Di notte le va nel letto, lo fa tutte le notti, perché la mia umana è molto abitudinaria.

Si mette lì nel letto e non fa nulla.

A volte allora mi metto anche io li, vicino vicino perché a me piace tanto sentire il suo odore, aspetto che si addormenti così non si muove e mi metto a letto con lei.

Ci sono certe notti che non passano mai, sono lunghissime, mi alzo, guardo fuori ma è sempre buio.

Solo che io mi annoio e allora la chiamo

Miao miao MIAOOOOOOO svegliati svegliati svegliati HO FAMEEEEEE
Lo so che ci sono i croccantini, però io in questo momento avrei tanta voglia di mangiare altro, mi dai l'umidino????

Miao miao MIAOOOOOOO svegliati svegliati svegliati MI ANNOIOOOOOOOO

Non so cosa fare, ho già giocato tutto il giorno da solo, ora voglio giocare con te!!!

Miao miao MIAOOOOOOO svegliati svegliati svegliati NON HO SONNOOOOO

Ho dormito tutto il giorno, ora non ho più sonno!!!

Miao miao MIAOOOOOOO svegliati svegliati svegliati VOGLIO L'ACQUA FRESCAAAAA L'acqua nella ciotola è calda, la voglio fresca!!!

Miao miao MIAOOOOOOO svegliati svegliati svegliati MI SPAZZOLI? Mi è venuto in mente che oggi non mi hai spazzolato, puoi farlo ora?? Daiiii per favoreeeee

Miao miao MIAOOOOOOO svegliati svegliati svegliati PIOVE

Sento la pioggia, andiamo a guardare fuori dalla finestra cerchiamo di prendere le gocce che cadono

Miao miao MIAOOOOOOO svegliati svegliati svegliati NO NULLA... COSI PER VEDERE SE TI SVEGLIAVI!

Non ti svegli... vado a farmi le unghie sulle sedie

Miao miao MIAOOOOOOO svegliati svegliati svegliati È BUIOOOOOOO

Lo so che è notte ma oggi è più buio del solito, credimi vieni a vedere

Miao miao MIAOOOOOOO svegliati svegliati svegliati DOV'E' IL MIO TOPOOOOOO
Dove lo hai messo, non lo trovo più, se usi i miei giochi poi rimettili a posto!

Miao miao MIAOOOOOOO svegliati svegliati svegliati FA CALDOOOOOO Non so dove mettermi ho caldissimo fai qualcosa

Miao miao MIAOOOOOOO svegliati svegliati svegliati HO FREDDOOOOOO Fa freddo perché hai spento il riscaldamento! sei impazzita?

Non sopporto quando non mi dà retta, è da mezz'ora che la chiamo.... Vado a guardare fuori dalla finestra e a pensare...

Magari, nel frattempo, passa qualche insetto da rincorrere.

La valigia

Da quando Lapo vive con me faccio più fatica a programmare le vacanze o week end fuori perché mi costa davvero tanto non poterlo portare con me e ovunque vada sento sempre la sua mancanza.

Ma il fisico e la mente hanno bisogno di svago, e non posso assolutamente privarmene.

Diciamo che parto sempre molto tranquilla perché ho una splendida vicina di casa che si prende cura del mio micione, non solo per nutrirlo e pulire la lettiera, ma passa tanto tempo a coccolarlo e farlo giocare.

Insomma, sono davvero fortunata! Anche lei ha due gatti e quando va via mi occupo io dei suoi con la stessa cura.

Ma tutto questo a Lapo, ovviamente, non basta!

Lui odia quando sto via per tanto tempo, anche se non mi assento mai più di una settimana di fila.

Soffre di solitudine e mi cerca in continuazione, soprattutto di notte, non mi trova nel letto e piange disperato.

La parte peggiore per me non è tanto il momento della partenza, bensì il momento di fare la valigia.

Appena vede comparire un trolley impazzisce.

Il mio gatto è troppo intelligente: ha capito che quando compare la valigia in casa a breve io sparirò.

E credo persino che abbia capito che la grandezza del trolley è proporzionata alla durata della mia assenza: più il trolley è grande e più giorni starò lontano da casa.

Cerco sempre di tardare il più possibile e di prendere dalla cantina la valigia per portarla in casa uno o al massimo due gg prima della partenza ma, da quel momento, lui inizia a girarci intorno e miagolare come un pazzo, come se mi volesse sgridare.

Appena la apro per metterci i vestiti dentro lui si infila e si accuccia, inutile toglierlo, si rimetterà tutte le volte che io mi muoverò per prendere altri vestiti da posizionare all'interno e spargerà quanto più pelo gli è possibile su tutto quello che dovrò portare via con me.

La scena è straziante ed è sempre la stessa che si ripete:

porto la valigia in casa e lui inizia a girarci intorno come se fosse un palo per lapdance e a miagolare sempre più forte con tono da rimprovero incalzante;

apro la valigia la metto a terra e lui ci si infila dentro;

lo sposto, lo accarezzo spiegandogli che deve stare fuori, lo metto in un altro locale ed inizio a metterci i vestiti e lui, dopo pochi secondi si posiziona di nuovo sopra; questa scena si ripete all'infinito, ma nessuno dei due si stanca!

Potrei chiuderlo in un locale e liberarlo quando ho finito, ma in realtà adoro questa scena, mi fa ridere come una pazza e perciò non riesco a farne a meno.

Quando la valigia è finalmente finita la lascio a terra aperta per infilare le ultime cose come il beauty, caricabatterie e gli occhiali e finalmente vado a dormire.

Lui, che nel frattempo si era andato a fare un riposino sul divano, si avvicina, annusa tutto come se non avesse mai sentito certi odori prima d'ora, e poi con un balzo ci entra e si struscia per bene su tutti gli indumenti come gli orsi quando si grattano la schiena lasciando che i suoi peli si infilzino ovunque in modo uniforme e capillare.

La mattina seguente, mi alzo, faccio colazione con lui che ha dormito con me tutta la notte e parliamo un poco come al solito, poi mi preparo, mi vesto e chiudo la valigia.

Ecco che immancabilmente, quando sto per uscire di casa con la valigia in mano per partire, porta del pianerottolo aperta e ascensore già chiamato, lui diventa invisibile!

Invisibile! Sparito nel nulla!

Sono in ritardo, ho i secondi contati perché mi stanno aspettando, perdo il treno o l'aereo e lui non si trova....

Impossibile capire dove si sia infilato, chiudo la porta del pianerottolo e inizio a correre come una pazza per tutta la casa chiamandolo, prendendo le scatolette del cibo per farlo stanare ma nulla...lui non c'è!

Si è volatilizzato! Sono sicura di non aver aperto alcuna finestra allora cerco sotto il divano, sotto il letto, apro tutti gli armadi... nulla! Il gatto è scomparso!

E non c'è una volta che io stia per partire che abbia mai avuto il piacere di potergli dare un bacio e una strizzata per salutarlo e digli "Ti voglio bene miao, la mamma torna presto, fai il bravo"

No ...nulla.... Lui si è smaterializzato.

La valigia (Gatto)

La mia umana quasi tutti i gironi va al lavoro, esce la mattina e la sera ritorna a casa, più o meno agli stessi orari, poi magari si cambia ed esce nuovamente, va fuori a cena o in giro con amici, ma poi ritorna a dormire.

Succede però che a volte se ne va via e non torna a casa per un po' di giorni, nemmeno a dormire!

Non so quanti gironi, a volte mi sembrano pochi, altre volte mi sembrano tantissimi... e mi lascia solo, tutto il girono, per interi lunghissimi interminabili giorni, da solo.

Quando la aspetto dietro la porta e vedo comparire la vicina di casa, allora capisco che non tornerà, non tornerà a dormire stanotte e non tornerà neppure per altri giorni!

Io ho capito che quando porta in casa una specie di scatola rossa con le rotelle, vuol dire che poi se ne andrà.

Quella scatola la odio. In realtà lei ne ha più di una, alcune sono piccole e altre sono giganti ma tutte rosse!

Non le tiene in casa, perché io ho provato a cercarle dappertutto per distruggerle ma non ci sono! Le porta a casa una per volta e solo quando poi deve partire.

Poi le fa sparire di nuovo nel suo nascondiglio segreto.

Appena porta in casa quella scatola maledetta io vado fuori di testa e inizio a urlare come un pazzo, e lei mi dice" amore mio non piangere"

mmmmh che nervi quando non mi capisce, io non sto piangendo io ti sto sgridando! Possibile che non capisci??

Eppure, io sto miagolando in modo molto chiaro, ti sto dicendo:

"Non crederai di andartene ancora via con questa scatola piena di cose inutili?

Non penserai di lasciarmi qui da solo abbandonato a me stesso? E soprattutto dove cavolo vai senza di me??

Perché io non posso venire con te?? Perché non mi vuoi?? Sono stato bravo non ho fatto disastri, perché non mi porti con te??"

Non capisce, apre la scatola e la mette in camera.

Io ci salto dentro subito per ispezionare e annusare. Non sa nemmeno di buono. Puzza.

Lei continua a spostarmi e a mettere dentro la scatola i suoi vestiti e un sacco di aggeggi inutili, io annuso tutto e faccio l'inventario per vedere se poi quando torna riporta tutto a casa o se lascia in giro qualcosa.

Il più delle volte però porta a casa tutto e addirittura anche più cose. Infatti, quando torna a casa, nella scatola ci sono sempre più scarpe e più vestiti di quando era partita. Mah.

In ogni caso per non sbagliare tutto quello che mette dentro io lo registro e lo marchio con un po' di peli così stiamo più tranquilli.

Dopo un po' devo andare a farmi un riposino perché riempire la scatola rossa per me è un'operazione lunga e snervante.

Quando la mia umana ha finito di mettere cose inutili nella scatola e va a dormire, io faccio un ultimo giro di ricognizione, una bella annusata a tutto, infilo il muso sotto e sopra, scavo un po' qua e là, mi struscio per bene in modo da spargere i peli e poi vado a dormire con lei.

La mattina quando deve partire mi sembra una pazza.

Si agita, inizia a dire "Cazzo cazzo è tardissimo" prende le cose le appoggia in giro e poi dice che non le trova, poi chiude la scatola, poi la riapre e infila ancora delle cose, poi la richiude. A me fa paura, è troppo agitata.

Mi infilo dietro l'armadio così non la vedo, sono anche molto offeso e molto triste, mi nascondo così non mi vede piangere che è una cosa che detesto!

Ormai sono grande non dovrei piangere, tanto lo so che prima o poi torna, ma non ce la faccio.

Mi viene un magone fortissimo e mi viene anche da vomitare.

Allora non voglio che lei mi veda in questo stato, se no dopo si ricorda di me così brutto e magari non mi vuole più, magari parte e non torna più!

No, non voglio questo! Meglio andare nel mio posto segretissimo.

La sento che mi chiama, dice cose inutili e senza senso.

Inutile che fai la vocina sdolcinata, oggi per me sei brutta e cattiva! intanto lei se ne va via e mi lascia qui tutto solo.

E così aspetto che se ne vada. Quando chiude la porta finalmente posso uscire e piango... piango tantissimo....

Per fortuna poi arriva la vicina:
"Non piangere, vedrai che torna presto"

Poi mi coccola e mi dà il doppio della razione di cibo, e dice sempre:
"Non dirlo alla Raffy, è il nostro segreto!"

Smart Working, con gatto

Lavorare da casa non è certo una attività piacevole di per sé, ma quando hai un gatto in casa, diventa un'attività quasi impossibile, al limite dello stress psicologico!

È assolutamente inspiegabile come mai un semplice PC portatile, appoggiato su un tavolo qualunque di casa tua sia per il gatto un argomento di totale disinteresse, finché non devi aprirlo per lavorarci.

Tu prendi il PC e con passo felpato e movimenti da Pantera Rosa, in totale silenzio, ti posizioni sul tavolo della sala e lo apri, ecco, in quel preciso istante il gatto, in qualsiasi angolo remoto della casa stia consumando la sua ennesima siesta quotidiana, arriva in un nano secondo sulla tastiera con la coda dritta strofinandosi con il muso sulla tua faccia e miagolando come se non ci fosse un domani.

Allora cerchi di prenderlo, spostarlo dolcemente, coccolarlo un poco e posizionarlo di fianco a te.

A quel punto lui rifarà la stessa cosa e per almeno 10/15 minuti andrete avanti così finché LUI non deciderà di farla finita e si posizionerà sulle tue gambe o di fianco a te.

Sebbene tu cerchi di restare concentrato sul lavoro che stai svolgendo, lui resterà sempre lì, vigile e attento osservatore, provocandoti quel disagio fastidioso che ti fa sentire come se fossi costantemente sotto esame!

Fingi di ignorarlo ma con la coda dell'occhio lo tieni sotto controllo e lui, con estrema nonchalance, allunga una zampina verso un oggetto qualunque sparso sul tavolo, una penna, una gomma, un evidenziatore, un tappo e... TAAAAC, l'oggetto in questione viene buttato giù per terra, così, senza un motivo reale, solo per farti un dispetto.

Tu lo guardi, e lui ti guarda, poi inclina la testa, e poi guarda giù verso l'oggetto caduto, come per dire
"È caduto, e allora? Che vuoi da me?".

Tu soprassiedi, cerchi nuovamente ma invano di riprendere la concentrazione ma la scena si ripete finché tutti gli oggetti che erano presenti sul tavolo non saranno finiti a terra.

Non ci dai troppa importanza perché in fondo non è successo nulla di grave e non si è rotto niente. Lo accarezzi teneramente e vai avanti.

Ma, proprio quando credi di essere finalmente giunto ad un buon punto del tuo lavoro, lui, che nel frattempo non ha più nulla da buttare a terra e si annoia, con un balzo così inaspettato ti salta sulla tastiera e immancabilmente succede uno di questi casi:

ti parte l'e-mail che stavi scrivendo senza che tu l'abbia potuta concludere, ovviamente tra i destinatari c'era il tuo capo!

Ti cancella il testo che tu così faticosamente avevi prodotto fino ad ora;

ti inserisce un comando per cui il PC inizia a scrivere in azteco e sembra irreversibile;

sparisce la barra delle formule del file Excel che avevi impiegato giorni a costruire.

Cliccando su un comando che tu ancora non hai individuato in 30 anni di lavoro riesce a bloccare la tastiera, annerisce lo schermo e spegne il pc e il tutto senza salvare nulla di quanto avevi fatto!

A quel punto scappa come una furia, con il sottofondo delle tue grida perché sa che vorresti strozzarlo e sparisce in uno dei suoi nascondigli super segreti.

Puoi cercarlo per ore e non lo troverai mai! Quando ti sente urlare sa benissimo che sei arrabbiata e si guarda bene dal farsi trovare.

Ma, non appena tu ti posizioni davanti allo schermo per collegarti ad una video call su Zoom o su Teams, ecco che lui ricompare magicamente immediatamente, tronfio, con la sua coda dritta e con i suoi miagolii, in primo piano davanti alla telecamera, cercando di annusare e afferrare con la zampina i volti di tutti i partecipanti che, nel frattempo, stanno ridendo come dei pazzi!

Ecco perché quando devo collegarmi in riunioni importanti, la telecamera resta rigorosamente OFF!

Smart Working, con gatto (Gatto)

La mia umana tiene una cosa sul tavolo che ancora non ho capito cosa sia.

Ho provato più volte ad annusarlo, leccarlo e assaggiarlo ma non sa di nulla.

Col tempo ho capito che si chiama PC è un giocattolo per umani.

A me non piace e non lo trovo nemmeno divertente ma mi dispiace vederla giocare sempre da sola allora quando lo usa so che le fa piacere se mostro un po' di interesse e gioco con lei.

Magari lei non vuole disturbarmi mentre faccio i miei pisolini, e fa tutto piano piano, in silenzio per non svegliarmi, ma cosa devo fare? Mi fa così tenerezza, allora mi tocca alzarmi e andare a giocare con lei.

Di preciso non mi è chiaro come si gioca, vado un po' ad intuito.

Copio quello che fa lei, ci sono dei tasti, lei li schiaccia, e poi mi guarda come per vedere se ho capito bene, allora io salto sui tasti e le faccio vedere che ho capito e sono bravo anche io!

E col tempo devo essere diventato davvero bravo in questo gioco.

Solo che lei vuole sempre vincere! Non sa proprio perdere! E la maggior parte delle volte che vinco io lei Si arrabbia moltissimo e urla come una pazza! Allora io scappo via, sparisco e la lascio sfogare, poi quando si calma torno da lei.

Quando vuole farsi perdonare perché mi ha urlato dietro, mi prepara sul tavolo un sacco di cosine, tutte in fila pronte da buttare giù per terra.

Anche questo gioco non è che mi faccia impazzire, ma per farla contenta e farle vedere che apprezzo il suo impegno, mi metto lì e piano piano butto tutto giù. Non è un gran gioco perché poi le cose che butto giù non si muovono. Restano ferme immobili.

Ma se lei è contenta così per me va bene.

A volte la mia umana si mette a parlare con questo gioco e nello schermo compaiono un sacco di facce di altri umani che parlano.

Sembrano tutti dentro al gioco e io provo a prenderli con la zampina ma non vengono fuori dal gioco restano dentro.

Però mi guardano quando mi muovo e mi ascoltano, infatti se dico "miao" loro mi rispondono, e si divertono così tanto.

Certo che gli umani sono davvero strani!

Grazie Lapo!

Non potrete mai più guardare gli animali senza resistere alla tentazione di immedesimarvi in loro stessi ed immaginare cosa stiano pensando!

Printed by Amazon Italia Logistica S.r.l.
Torrazza Piemonte (TO), Italy